De Célimène à Diafoirus

LAURENT TAILHADE

DE CÉLIMÈNE
A
DIAFOIRUS

Misanthropie et Misanthropes
La Pharmacopée au temps de Molière
Notes

Frontispice de Casimir DESTREM

PARIS
ALBERT MESSEIN, ÉDITEUR
SUCCESSEUR DE LÉON VANIER
19, QUAI SAINT-MICHEL, 19

1913

IL A ÉTÉ TIRÉ :

5 exemplaires sur papier Japon, numérotés 1 à 5, et
10 exemplaires sur papier Hollande, numérotés 6 à 15.

N°

A PAUL FUCHS

Souffrez, ami, que j'inscrive à cette première page, votre nom qui m'est si cher. Acceptez en offrande ces discours familiers ou naguère, vous vous plûtes ; acceptez-les comme souvenir des heures lointaines que de saison en saison, rajeunit une mémoire fidèle, heures où pour la première fois, les roses de poésie et d'amitié s'épanouirent au jardin sacré de nos vingt ans.

L. T.

Paris-Auteuil, le 17 Juillet 1913.

MISANTHROPIE ET MISANTHROPES

MISANTHROPIE ET MISANTHROPES

Lorsque, au mois de juin 1666, Molière, sur le Théâtre du Palais-Royal, donna pour la première fois le *Misanthrope*, il avait quarante-quatre ans. Son nom était célèbre, son théâtre florissant. Auteur, acteur, chef de troupe et directeur de spectacle, au grand désespoir des comédiens ses rivaux, il composait, jouait et, comme on dit à présent, « mettait en scène » les ouvrages les plus divers.

Depuis le roman comique et les tâtonnements de ses débuts, les haltes vagabondes, errant du Bas-Languedoc au Minervois, de la Provence au Forez ; depuis les farces tabarinesques où, parmi les vestiges de Scarron et des farceurs en vogue sous le règne de Mazarin, sa verve un peu trouble se cherchait encore, à travers les scénarios et les pastiches de la Comédie italienne, il s'était affirmé ; il avait pris en maître possession du public et de son art, l'art difficile de peindre les hommes d'après nature et « d'amuser les honnêtes gens ». Paris lui appartenait, les spectateurs avisés du parterre, si bon juges, si lettrés, auxquels Jean Racine estimait superflu de déduire *Britannicus*, chacun d'eux ayant, comme il disait, « Tacite entre les mains ». L'*Ecole des Femmes*, pièce maîtresse de Molière, l'œuvre la plus personnelle qui, d'après Michelet, soit sortie de son génie, avait paru en 1662, sous la protection d'Henriette d'Angleterre, cette fragile fleur de tant de rois.

Puissant bouffon et moraliste perspicace, Molière, que talonnait sans répit le besoin d'alimenter à lui seul et de jouer le répertoire de sa troupe, alternait, coup sur coup, les ouvrages d'observation, les farces au gros sel, où s'amalgamaient, parfois, des interludes musicaux, des pantomimes, des danses dont Jean-Baptiste Lulli écrivait la musique. Il improvisait sans relâche, avec fureur, comme s'il eût déjà pressenti la brièveté de sa carrière et le peu de jours qui restaient devant lui. En même temps que les matassins de Pourceaugnac et les « Egyptiens habillés en maures » qui ballent ses ballets, jargonnent le sabir et sussurent les fades pastorales italiennes, dans le goût du Tasse et d'Ange Politien, il faisait mouvoir les figures éternelles de l'Humanité, créait des types et, sur le canevas abstrait de la comédie aristotélicienne, fixait les images offertes à ses yeux. Les professeurs de lettres... cuistres, ceux que Baudelaire qualifiait de « critiques assermentés », ont nommé, plus tard, « comédie de caractère » ces études si vivaces et si franches, dont le comique un peu lourd vise droit, frappe net et marque d'une indélébile empreinte les défauts qu'il a touchés. La faveur du public était venue à Molière. Ses jaloux, ses rivaux, ses confrères, ceux que lésaient dans leur amour-propre et dans leurs intérêts l'ascension d'un tel maître, les pédants, les faux poètes, les beaux esprits de collège, les tartufes de tout poil et de toute robe, les imposteurs qu'il avait, quelques semaines auparavant, flagellés sans merci, les bigots, les prudes, les médicastres, les marquis de Mascarille, les Purgons et les Arsinoés, les grimauds, les époux fâcheux et ridicules faisaient silence autour de lui. Boursault qui, dans le *Portrait du peintre*, s'était fait bassement leur porte-parole, avait pour prix de ces cabales reçu, de haut en bas, dans l'*Impromptu de Versailles*, le châtiment qu'il méritait. Pour se venger de leurs affronts et faire échec à ses ennemis, l'auteur de *Don Juan* et de *Tartufe* possédait un talisman plus efficace que la vogue et l'amour du parterre. Son génie était dans la dépendance de l'Olympe même et sous la protection de Jupiter. A l'instigation de Colbert, le Roi l'avait adopté, fait entrer dans sa maison, attaché à sa personne, en qualité de valet de chambre, lui conférant par là quelque chose de sa glorieuse inviolabilité. Molière faisait le lit de Louis XIV. Sauvegardé par ce privilège, il n'avait à redouter quoi que ce soit. Nul n'eût risqué la moindre avanie et de molester un homme que le Roi, jaloux de soutenir le dernier valet de sa chambre, adoptait comme sien.

En outre, Molière, avec Lenglée, était l'âme des plaisirs, le grand ordonnateur des fêtes. La cour fastueuse et galante du jeune Louis XIV, dans la période qui va de la mort de Mazarin à celle de Madame, offrit au monde le spectacle d'un Olympe triomphant où, séparés du monde par un nuage d'or, les Dieux buvaient la joie et vidaient, comme les immortels d'Homère, une coupe sans fin d'orgueil et de volupté. Les bals succédaient aux médianoches, la loterie aux mascarades. Les tournois, les courses de têtes, les carrousels permettaient de substituer aux satins brochés, à la moire, aux velours de Gênes, les redondantes armures de l'Arioste, empanachaient la perruque léonine du roi, de ses courtisans, sous les timbres de Renaud, de Roger ou de Médor. Le marquis de Villeroy, Monsieur le Duc, le duc de Saint-Aignan, le duc de Noailles, le duc de Guise figuraient, suivant l'étiquette et les préséances, dans les divertissements des *Fâcheux*, de la *Princesse d'Elide*, du *Mariage forcé*. Devant la fleur de la noblesse, aux fêtes de Saint-Germain, de Chambord et, plus tard, de Versailles, entouré d'une constellation de princes, beau, bien fait, le Soleil lui-même se dévoilait à ses fidèles, dans un arroi mythologique, dans une pompe de théâtre qui, par un miracle surprenant aujourd'hui, n'enlevait rien à son prestige, confirmait aux yeux de tous la majesté du Trône et les splendeurs inhérentes au Souverain. Quand il poussait des billes sur un tapis vert, quand il émiettait des biscottes à ses chiennes favorites, quand il prenait place au grand couvert ou consultait d'Aquin sur ses infirmités, Louis XIV ne cessait pas de jouer son rôle et de paraître à ses adorateurs comme le maître du Monde. Il se costumait en Egyptien, en guerrier de tapisserie. Il « dansait » en dieu du jour la dernière entrée des *Amants magnifiques*, devant la cour extasiée et soumise, à genoux devant les rayons de sa théophanie emperruquée. Il débitait à la louange de soi-même quelque madrigal strapassé dans le goût du temps :

Je suis la source des clartés,
Et les astres les plus vantés
Dont le beau cercle m'environne,
Ne sont brillants et respectés
Que par l'éclat que je leur donne.
Du char où je me peux asseoir,
Je *vois* ce désir de me *voir*
Posséder la Nature entière,
Et le Monde n'a son espoir
Qu'aux seuls bienfaits de ma lumière.

Tels étaient les plaisirs de cette « Isle enchantée » où la danse, les voix, la comédie et les festins alternaient, pour le plaisir des yeux et le ravissement des cœurs. Madame en était la véritable enchanteresse, la Circé bienveillante qui, de sa grâce un peu maladive, élégante et douloureuse comme une patricienne de Van Dyck, ennoblissait la matérialité de l'époque et du Roi. Les fêtes de Vaux avaient jeté Lavallière aux bras de Louis XIV comme, plus tard, le quiproquo de Rambouillet devait conduire, chez Mme de Montespan, le royal amphitryon. Mais, dans ces jours où triomphait le charme discret d'Henriette, jours de galanterie et de belle humeur, où le Roi, vainqueur de l'Europe, ne connaissant du pouvoir que les enivrements, célébrait à la fois ses victoires et sa jeunesse, rien ne troubla cet harmonieux accord de l'art, de l'esprit et de la beauté.

Les souvenirs lugubres avaient disparu. La première moitié du siècle, ténébreuse et sanglante, la Fronde, le maréchal d'Ancre, le couteau de Ravaillac, la fange sanglante de la rue de la Ferronnerie éclaboussant jusqu'au manteau fleurdelysé de la Reine, s'effaçaient aux rayons de l'Astre nouveau-né comme se dispersent, à l'aurore, les fantômes de la nuit. Le huguenot Ruyter gagnait au Roi très chrétien des batailles navales, tandis que le Pape rendait à cet arbitre du Monde les devoirs exigés par lui. Si, d'après le mot de Chamfort, « Louis XIV fut moins un grand roi que le roi d'un grand règne », on peut dire que ce règne atteint le dernier degré de splendeur au moment même où les écrivains de 1660 remportent leurs plus beaux succès, où la ferme et savante école formée aux disciples de Boileau unit le nom de Molière à ceux de La Fontaine et de Racine, parvenus comme lui au faîte culminant de leur maturité. La concentration du pouvoir entier dans les mains d'un seul homme groupait autour de lui tout ce que la France avait de force vive, d'imagination et de talent. A l'envi, les artistes magnifiaient sa gloire. La Feuillade briguait l'honneur d'être enseveli dans une crypte, sous le monument équestre du vainqueur. Lebrun le peignait, superbe, dominateur, l'œil fixe et le jarret tendu, soulevant de sa main blanche le velours bleu du manteau, et dans une pose orgueilleusement calme, accoudé sur le bâton royal, emblême du pouvoir suprême et du commandement. Boileau si maître de lui, Boileau si pondéré, Boileau si exempt de lyrisme, Boileau, « ce janséniste de la poésie française », comme Victor Hugo le nomme dans la préface de *Cromwell*, délire et vaticine dès qu'il parle du Roi. Il compose le trop fameux passage du Rhin et, plus tard, cette *Ode pindarique sur la prise de Namur*, qui manifeste que le meilleur des hommes, en outre judicieux et plein de goût, peut n'avoir aucun don de poète, ni quoi que ce soit d'approchant.

Autour du Roi, l'adoration prenait des formes fixes. Une immuable hiérarchie, une étiquette minutieuse, des rites augustes et compliqués, isolaient sa personne, la préservaient de tout contact avec l'Humanité. Les actes de sa vie assumaient tous un caractère sacré ; ses repas, ses chasses, le moindre geste, son lever, son coucher, sa promenade et, pour tout dire, sa garde-robe étaient, par les premiers gentilshommes du royaume, guettés, comme, par un astronome, la course permanente du soleil. C'était une faveur insigne, quand il s'allait mettre au lit, que de porter la chandelle.

Personne — dit Saint-Simon — ne fut plus ingénieux que lui à inventer ces sortes de choses. Marly, dans la suite, fut, en cela, du plus grand usage et Trianon, où tout le monde, à la vérité, lui pouvait aller faire sa cour, mais où les dames avaient l'honneur de manger avec lui et où, à chaque repas, elles étaient choisies. Le bougeoir qu'il faisait tenir, tous les soirs, à un courtisan qu'il voulait distinguer et toujours les plus qualifiés de ceux qui s'y trouvaient, qu'il nommait au sortir de sa prière.

Un mot de lui comblait. Ses réprimandes tombaient comme la foudre, anéantissaient la victime. Jamais cependant il ne lui échappait de dire à personne rien de désobligeant. Une haute et sèche politesse émanait de lui. Le Roi qui — suivant le mot de Taine — « passa la moitié du siècle à tenir un salon », mieux que personne entendait les nuances, l'art de graduer ses faveurs. Autour de lui, même grâce décente, même réserve, même acquiescement de tous les êtres à la gloire d'un seul : « Vous vous trompez — dit un gentilhomme au courrier lui annonçant la mort de sa mère, — ma mère ne sera morte qu'autant que j'aurai dansé le menuet de la Reine ! » Ces grandes dames aux fières attitudes, ces princesses hautaines et charmantes souffrent, tombent, sans que la douleur imprévue et lancinante, l'abandon, les orages du cœur et les souffrances de la chair nuisent à la beauté de leurs gestes, à la dignité patricienne de leurs révérences, au choix infini de leurs discours. Le poison même ne peut leur ôter cette allure. Nulle plainte discordante ne trouble, un instant, la majesté de l'office royal. Que ce soit la tasse de chicorée où le marquis d'Effiat donne à Madame le boucon du chevalier de Lorraine, que ce soit le lait meurtrier versé par Olympe à la reine d'Espagne, elles expirent silencieusement. Madame Henriette est « douce envers la mort ». Sa fille attend, pour exhaler son dernier souffle, d'avoir attesté à l'ambassadeur de France que la mort est naturelle dont elle est frappée, et que ni le Roi ni Monsieur ne doivent chercher un motif de la venger : *Morituræ te salutant* ! C'est ainsi que tombent les filles de Racine : Monime, Bérénice ; et, ramenant ses longs voiles, pour marcher à l'autel, cette pâle Iphigénie, en qui le poète incarna son plus chaste rêve, console, avant d'offrir sa gorge au glaive de Calchas, son père écrasé de désespoir.

... Mon père,
Cessez de vous troubler, vous n'êtes point trahi !
Quand vous commanderez, vous serez obéi.
Ma vie est votre bien, vous pouvez le reprendre.
Vos ordres, sans détour, pouvaient se faire entendre.
D'un œil aussi content, d'un cœur aussi soumis
Que j'acceptai l'époux que vous m'aviez promis,
Je saurai, s'il le faut, victime obéissante,
Tendre au fer de Calchas une tête innocente
Et, respectant le coup, par vous-même ordonné,
Vous rendre tout le sang que vous m'avez donné.

Le renoncement d'Iphigénie est pareil à celui de Lavallière ou de la duchesse d'Epernon. Sous le drap noir du Carmel, ces hautes victimes dérobent aux yeux du Monde ce qui pleure et saigne encore de leurs amours défuntes. Et debout, dans la chaire que supportent les anges de Coysevox, le Pontife en robe de moire violette, sous les riches dentelles que montre le beau portrait du Louvre, peint par Hyacinthe Rigaud, adresse à la morte volontaire un adieu solennel ; déjà l'encens est prêt, le glaive est tiré, les cloches se lamentent, les cierges éteints fument et, sur le parvis de marbre, épandent leur cire brûlante, comme une larme d'or. Puis le cortège s'éloigne, la « mécanique royale », comme le char de Jaggernaut, écrase de son poids indifférent l'hostie humaine qui lui barre le chemin.

*
* *

Au milieu de cette cour si bien disciplinée, si hautaine et florissante, Molière a situé l'action du *Misanthrope*, ou, plus exactement, la suite de tableaux qu'il déroule sous ce nom. Bien avant le réalisme des modernes, cette préoccupation de vérité qui fit naître le « Théâtre libre » et les diverses écoles y afférentes, l'auteur de l'*Ecole des femmes* avait imaginé de donner sur les planches une suite d'épisodes vivants, reliés par un fil imperceptible, ce qu'on devait, par la suite, nommer une « tranche de vie ». L'anecdote est mince. Un grand seigneur de haute mine, de franc parler, d'âme délicate et d'épiderme chatouilleux, cœur loyal mais esprit borné, s'insurge à tout propos, et plus communément hors de propos, contre les mensonges convenus, les trahisons courantes, les propos venimeux, l'échange de perfidie qui forment l'ordinaire de la vie élégante. Il confond la souplesse avec l'abjection, ne voit pas d'intermédiaire entre le censeur et le valet, n'arrivant pas à concevoir que l'on puisse, comme Philinte, se montrer en même temps droit et adroit, que, pour plier dans la mesure qui convient, l'acier n'en est pas moins de fine trempe, bon pour la taille et pour l'estoc. C'est le *Misanthrope*. Elève de l'abbé de Saint-Cyran, ou bien peut-être huguenot converti, sa roideur a quelque chose d'archaïque et de puéril. Cette brusque humeur, qui nous plaît dans Agrippa d'Aubigné, choquerait dans *Alceste*, qui porte la petite oie, et le flot de rubans, et la perruque à trois marteaux, non l'armure d'Arques ou d'Ivry, si la grandeur ingénue et forte de son âme n'apparaissait au travers. Un sonnet d'amateur, déjà fort mauvais sous Louis XIV, les airs éventés de quelques fats, lui font jeter les hauts cris. Et le voilà, poussant des clameurs d'orfraie, aboyant à la lune, incriminant la perversité des hommes et couvrant d'invectives le Destin. Il est ridicule, ridicule au même titre que Don Quichotte, guerroyant, comme lui, contre des moulins, pour les beaux yeux d'un impossible amour. L'*hidalgo* manchois et le seigneur français partent l'un et l'autre d'un point de vue erroné. Ils ont le tort de croire que leur conscience est la mesure du Monde, ce qui les empêche de se conformer à des volontés sociales. Pourtant nous les aimons, comme le vieux Blondel aimait son pauvre roi :

nous les plaignons aussi. A l'estime qu'impose la fierté de leurs sentiments, quelque chose de plus doux se mêle : une tendresse, une pitié fraternelle pour tant de maux qu'ils ont soufferts. Don Quichotte ne retrouve sa raison que pour mourir. Alceste, féru dans son orgueil, ira cacher au désert la blessure qu'infligent aux cœurs aimants et fiers les ruses de la femme, l'humiliation de mépriser ce que l'on aime et de ne pouvoir guérir — combien qu'il soit indigne — un si fervent amour. Car il aime, ce pur et ce loyal ! Il aime une créature de proie et de joie, une veuve de vingt ans que l'amour amuse, et qui mène en laisse un troupeau de soupirants dont elle confronte les hommages avec une railleuse impartialité. Alceste, parmi ces godelureaux, souffre le pire des tourments : celui de voir la créature qu'il adore accueillir des imbéciles, écouter leurs madrigaux, condescendre à leurs fadaises, faire le même état de leur caprice que de l'ardent et fier amour dont il est transverbéré. Célimène, qu'il traite de « perfide » et qu'il exècre, dès qu'elle répugne à s'aller, toute vive, enterrer dans sa gentilhommière de l'Artois ou du Languedoc, n'est ni méchante ni trompeuse. Gaie, accorte, bien portante, le peu qu'on lui voit de fausseté concourt à sa parure, à peu près au même titre que les points d'aiguille ou les satins brochés. Sœur française de Dalila ou d'Armide, mais adaptée aux coutumes de Paris, au phébus de la place Royale, au ton des ruelles où se tient commerce de petits vers et de bel esprit, elle cède à la pente de Nature. Elle ne prévarique ni ne ment. Elle évite les ridicules de Philaminthe et de Cathos. Elle est faite d'un tel air, elle porte de si bonne grâce les atours qu'on lui voit que l'ajustement peut passer, chez elle, pour une manière de vertu. Nous l'admirons encore, telle que l'ont fixée à jamais, dans les portraits du temps, Mignard ou Largillière, avec ses mains longues, sa gorge haute, son cou gras, serré de perles, ses cheveux à la Ninon, autour d'un masque à la fois poupin et majestueux. La robe décolletée — audacieuse et néanmoins réticente — ouvre sur une guimpe de linon bouillonné ou, mieux encore, sur une berthe de la dentelle en vogue. Celle d'Alençon est, alors, dans sa nouveauté ; l'édit de 1660 en a fait la fortune, quand il contraignit le goût français à imaginer cette délicate broderie, à remplacer les points noués et surbrodés de Venise ou de Bruxelles, d'une magnificence un peu lourde, par le charme aérien des dentelles normandes. Autour de la guimpe s'enroulent des fils de perles. Combien que Louis XIV ait affecté à son usage exclusif l'emploi des métaux précieux, un cordonnet d'or se cache à peine sous la lingerie. Et Benserade le compare galamment à l'aspic sous des fleurs. Le corsage, bombé en pointe, se relève de jayet, combiné avec les faveurs, que Marie de Gonzague, duchesse de Nevers, a mises à la mode, et, par là, s'harmonise aux chamarrures de la jupe, que les paniers de Montespan n'ont pas encore menée au bout de son ampleur. Les agrafes du corsage, les émaux, les filigranes, les lacs d'amour, les feuilles d'acanthe qui servent de fermoir, sortent du bon faiseur, l'un de ces merveilleux orfèvres qui suivent, en l'accommodant au costume nouveau, la tradition de Benvenuto Cellini, des artistes, milanais ou florentins, venus à Paris à la suite de François Ier et des reines italiennes : ces Froment et ces Lalique du XVIIe siècle qui se nomment Blondeau, Fourcroy et Gilles l'Egaré. Ainsi parée et, dans ce noble arroi, Célimène tend ses toiles, met en batterie ses pièges à étourneaux. Tant pis pour l'aigle qui se laisse engluer à pareil traquenard ! Mais Alceste s'insurge tout d'abord, ayant moins de curiosité que de passion. Il ne cherche pas à comprendre. Il adore sa maîtresse et la hait tour à tour. Il joue ainsi le rôle d'un Cassandre, malgré sa maturité jeune encore et l'imposante dignité de ses comportements. A regarder Célimène de plus près, il prendrait goût à son manège et même à ses défauts. Il se plairait à voir cet objet de luxe et de plaisir dans le cadre qui lui sied. Légère, médisante, déchaînée, ayant la réplique acerbe et le mot venimeux, Célimène, en dépit de ses marivaudages et des petits sots qui lui font la cour, ne déchoit ni de son rang, ni de l'orgueil convenable à sa beauté. Le commerce qu'elle entretient avec les Oronte, les Acaste ne pénètre pas fort loin dans la carte du Tendre. Il s'arrête aux premières étapes, au hameau des Petits-Soins, au chemin des Billets-Doux. Car Célimène se montre aussi fière qu'imprudente. C'est une fille de Paris, sachant ce que vaut le don de sa personne, une Française, pour tout dire, seule femme, dans l'Univers, de qui la possession s'appelle « une conquête » dont il est juste de s'émerveiller.

Faut-il croire Michelet quand il attribue à l'inspiration directe de Louis XIV les ridicules assénés par Molière aux marquis de sa cour, dans presque toutes les pièces qui vont des *Précieuses* à l'*Impromptu de Versailles ?*

Comme dans toutes les comédies anciennes, on voit toujours un valet bouffon qui fait rire les auditeurs, de même, dans toutes nos pièces de maintenant, il faut toujours un marquis ridicule qui fasse rire la compagnie.

Ces paroles décisives, Molière les proférait, non sous le couvert d'un personnage, mais en son propre nom, dans le scénario qu'il détaille au commencement de l'*Impromptu*.

Vardes, Lauzun, Grammont, Guiche, « le grand flandrin que l'on voit, trois quarts d'heure durant, cracher dans un puits, pour faire des ronds », Marcillac n'hésitaient pas à contrecarrer les amours du Maître, à braconner sur ses terres, à courtiser sa belle-sœur.

Voulut-il cette flagellation des anciens adorateurs de Madame? Fut-ce pour eux, pour tous ceux qui avaient aimé, adoré, courtisé la princesse qu'il prit, par devant elle, une vengeance : la joie d'une pièce où ils furent bâtonnés de la forte main de Molière !

Quoi qu'il en soit, les marquis se tinrent en paix, hormis La Feuillade qui, dans une étreinte vindicative, ensanglanta contre ses diamants, le visage de Molière et paya sans retard, d'une disgrâce, le sacrilège d'avoir osé porter la main sur un homme appartenant au Roi. Ces jouvenceaux tout de plumes et de satin, étourdis, frivolant, occupés de leurs dentelles et de leurs rabats, ces papillons de Cour, indiscrets, faisant éclat de leurs bonnes fortunes, n'en étaient pas moins des courtisans fort déliés, assidus, tournés vers la complaisance du maître, adorateur de l'Astre mythologique dont les rayons, frappés à son image, permettaient de vivre et de mener grand train. Admirables parasites, ils encombraient de leur nullité les antichambres de tous les princes, les abords de tous les emplois. Un d'entre eux, le plus spirituel, Gascon rusé, froid comme une couleuvre, sous son aspect brillant de damoiseau, connut presque l'aventure d'un mariage avec une fille de France. La Grande Mademoiselle, cousine germaine du roi, aima Lauzun au point de lui donner sa main. Il fallut un *veto* formel du monarque pour désunir le couple et mener le galant à Pignerol. Rien n'égalait en méchanceté Vardes, ami, confident et, peut-être, complice d'Olympe Mancini. Lauzun mystifiait âprement ceux qui lui portaient ombrage, c'est-à-dire à peu près tout ce qui avait un nom et méritait qu'on le citât. Il préparait des malices que la contrainte, l'étouffement, la dépendance du Maître faisaient savourer jusque dans leur plus intime cruauté. Tantôt il affublait le maréchal de Tessé d'un chapeau gris, que Louis XIV envoyait aux Prémontrés, tantôt il empêchait une promotion de maréchaux de France par les ridicules qu'il y donna aux candidats qui la pressaient.

Il tombait toujours sur tout le monde, affirme Saint-Simon, toujours par un mot asséné, le plus perçant, toujours tout en douceur; et, comme ses bons mots étaient toujours fort justes et fort pointus, ils étaient fort colportés.

De tous les marquis du *Misanthrope*, Lauzun fut le plus redoutable, ainsi que le plus charmant.

*
* *

Dans un terrain si étroit, spécial et surchauffé, dans la serre pompeuse de Versailles, la misanthropie d'Alceste ne saurait atteindre à la généralité d'un type universel. Honnête homme, conscience rigide, esprit opiniâtre et quelque peu étroit, il vit en mésintelligence avec le milieu brillant et corrompu où s'amoindrissent les hautes qualités de l'homme, où ses défauts le rendent insociable, grotesque et malheureux. Les pédants et les histrions, depuis deux siècles, se sont acharnés au personnage, personnage pris dans une époque et dans une ambiance déterminée. Au lieu de maintenir Alceste parmi les antichambres de Versailles, entre les valets de l'intérieur, les duchesses à tabourets, les ministres plébéiens, plus puissants que les ducs et princes du royaume, ils ont, avec une risible emphase, agrandi cette figurine, l'envisageant comme un symbole œcuménique de la misanthropie, un « surhomme », un Caton le Censeur érigé, dans l'abstraction, contre les vices du Monde et la fragilité des hommes. Quelques-uns le blâment avec aigreur et, partant du *Misanthrope*, donnent à Molière des leçons! Jean-Jacques et Fénelon, ces deux esprits jumeaux, également chimériques et prolixes, mènent le chœur des mécontents. Ils reprochent à l'auteur d'avoir fait la « vertu ridicule ».

Après ces « mômiers », insulteurs de grands hommes, au nom des pharisiens, Fabre d'Eglantine vitupère en méchants vers, au nom des sans-culottes, l'urbanité de Philinte, dont le civisme laisse fort à désirer. Dans un langage rocailleux, plein de gravats, d'impropriétés, de gasconismes et de pataquès, il vaticine au goût de l'an IV. Ses tirades font songer à l'*Emile*, aux harangues de Robespierre, à Berquin et à la chanson de Malbrough.

Plus tard, l'un et l'autre Schlegel disent son fait à Molière, qui ne s'en porte pas plus mal. Ces Allemands ne parlent guère d'autre sorte que M. Lycidas, le pédant saboulé par la *Critique de l'Ecole des femmes*. Ils estiment « que Molière est trop didactique ». Le *Misanthrope*, à leur avis, « manque de gaîté, à cause de la raideur cérémonielle (*cérémonielle* est évidemment beaucoup plus berlinois que « cérémonieuse ») qu'implique une peinture de la haute vie ». Ils déclarent « invraisemblable » ce grand amour d'Alceste pour Célimène et poursuivent sur ce ton jusqu'au moment que le sommeil vienne et que le livre échappe aux mains du lecteur.

Après eux, Schiller et Kotzebue ont accommodé le *Misanthrope* à la tudesque, en ont fait un mannequin à tirades, grandiloque, assommant et ténébreux. C'est le Baron, dans *Misanthropie et Repentir*, c'est Karl Moor dans Les *Brigands*. Leur faconde enchifrenée et truculente évoque l'ombre en turban jaune de Corinne et de Mme Cottin, le souvenir de l'Ecole impériale et de sa déclamation achromatique.

Cependant, le fantoche de Kotzebue a pour objectif unique de savoir *si son intendant ne le vole pas*. Cette préoccupation ménagère et louable constitue une forme de misanthropie assez commune chez les bonnetiers retirés du commerce. Une âme charitable, une suave jeune fille, a, d'ailleurs, un remède souverain : « S'il pouvait, dit-elle, s'attacher à une créature vivante ou, du moins, *cultiver des fleurs !* » *Misanthropie et Repentir* appartient à la famille des drames verbeux et larmoyants, tels que Denis Diderot eut le malheur d'en écrire. Mais Kotzebue y met sa platitude,

> ... le défaut
> De demander aux gens plus de droiture d'âme
> Et de sincérité que la loi n'en réclame.

Quant à Schiller, ce lyrique estropié que des imbéciles ont osé comparer à l'immense Gœthe, il atteint déjà, dans les *Brigands*, au parfait galimatias de *Luisa Miller*, galimatias que Mme Sand elle-même, dans sa première manière, n'arrive pas à surpasser.

La peinture de Molière, parfaite dans les bornes que le maître s'est données, excellent tableau de chevalet, ne saurait entrer en parallèle avec la fresque géante de Shakespeare, ce formidable *Timon d'Athènes* où clangore « la trompette des malédictions », où les cris du juste, du juste humilié, fugitif et méconnu, tendent vers le ciel dans une clameur d'orage, éclatent avec le fracas du tonnerre, bondissent d'étoiles en étoiles, montent en plein azur y souffleter les dieux.

Alceste est un gentilhomme du XVIIe siècle ; Timon, une sorte d'hécatonchire, un Titan, frère de Prométhée. A côté de ses fureurs, des imprécations que profère, comme une tempête, sa bouche convulsive, à côté du souffle d'ouragan qui l'anime, tout pâlit, s'atténue et manque de relief. La satire ingénieuse de Molière, l'esprit, les vers éloquents, cette jolie escrime de salon, perdent le meilleur de leur force et de leur charme, comparés à la haine, aux fureurs, aux vertiges du fantôme shakespearien. Molière est un bourgeois clairvoyant, terre à terre et pondéré : Shakespeare est un poète. L'un déchaîne l'épouvante, l'autre distille un froid ennui.

L' « endroit écarté » où la mauvaise humeur d'Alceste ira oublier ses mécomptes et goûter la paix des champs apparaît comme un lieu de délices, un Trianon au petit pied, confronté à la broussaille ténébreuse où Timon se rembûche, comme un fauve qui sent venir les chiens. Les tirades, les aperçus fins, les traits les plus vifs du *Misanthrope* semblent de glace au regard des anathèmes, des brûlantes invectives, où, sans répit ni fatigue, Timon retrempe son courroux. Job lui-même, contre les lâches visiteurs dont la feinte commisération insulte à sa misère, ne trouve pas ces cris formidables, ces invectives qui brûlent et flétrissent comme les lanières du bourreau.

Pareil à Philoctète sur la grève de Lemnos, la haine l'a fait retourner à la vie élémentaire, à l'existence farouche, sinistre et misérable du vagabond, du prophète, du bandit ou de l'*outlaw*.

Et plus tard, quand, derechef, ayant mis la main sur le trésor maléfique, il empoisonne Athènes de bienfaits pernicieux, quand il voue à l'infamie, à la trahison, aux crimes, le jeune capitaine et les dictériades aux beaux sourcils, Alcibiade, Phryné, Timandra, pour le guérir enfin de son mal, de son courroux, la mort compatissante et miséricordieuse apporte au forcené le baume du sommeil qui n'aura plus de fin. Il expire, étouffé par sa vengeance, tel, au soir de Roncevaux, le comte Roland, par le jet de ses artères déhiscentes.

Il appartenait au sombre génie anglo-saxon d'inventer ce noir misanthrope, qui n'est plus un philosophe mais une sorte de dément et de bourreau. Jamais la conscience outragée et pantelante de l'outrage n'a poussé une telle plainte, monté à ce diapason la révolte de l'homme écrasé par le fonctionnement de la machine sociale, par l'hypocrisie et les faux semblants qui régissent les coutumes, les rapports entre civilisés. Ici, le génie individualiste de l'Angleterre se fait voir dans sa noire et forte beauté. Le crime de l'Univers contre un seul homme attire la foudre et mérite les plus atroces châtiments.

La réalité se chargea de donner à *Timon d'Athènes* une réplique vivante dans le doyen de Saint-Patrick. Jonathan Swift, né cinquante ans à peine après la mort de Shakespeare, enferma dans une ironie implacable, corrosive et glacée un peu des rancunes que Timon déchaînait sur Athènes. Les voyages de *Gulliver* peuvent, à bon droit, passer pour le chef-d'œuvre, la synthèse et le *compendium* de toute misanthropie. Swift est l'archétype du pessimiste ; au regard de Swift, Schopenhauer assume l'allure d'un plaisant écrivain, d'un épigrammatiste dans le goût de Martial ou de Rivarol. De même, à côté de ces pages où, froidement, d'une main experte et d'un geste indifférent, la nature humaine est ravalée au-dessous de la brute, bafouée et, dans chacun de ses rêves, salie odieusement, où la Science est maudite aussi bien que l'Art et la Beauté, la comédie de Molière prend une allure d'idylle, un accent d'accortise qui permet à peine d'entendre les justes reproches qu'Alceste, galamment, décerne à sa maîtresse et à son ami. Elle semble, pourrait-on dire, une suite de madrigaux ou, tout au moins, de boutades sans importance, confrontée au réquisitoire que l'étalon de Swift, le « noble Houyhnhnm », prononce contre l'infâme troupeau des « Yaous », représentant la race humaine. L'influence de la Bible et ce rude esprit théologique des réformés anglais, méthodistes, puritains, se manifestent clairement ici. Le doyen de Saint-Patrick, athée et méprisant des choses religieuses, parle dans *Gulliver*, dans le *Conte du tonneau*, comme un caporal des Têtes-rondes, vouant à l'anathème les faiblesses du vieil Adam. Une si parfaite négation aboutit au désespoir. Encore que Schopenhauer estime le suicide « une affirmation de la volonté de vivre », le suicide est la conclusion logique, nécessaire, inéluctable de *Gulliver*.

Le *Misanthrope* de Molière ne se tuera pas, retenu à la fois par les bienséances auliques et le scrupule religieux. Il ira, sans doute, passer quelques mois dans ses terres. Il se fera, jusque dans Versailles même, une retraite où cacher ses inquiètes humeurs et les chagrins de son esprit.

Quand l'âge mûr viendra, quand il n'aura plus gardé qu'un souvenir, moitié railleur, moitié charmé, de Célimène, alors très épaissie, ayant reconnu enfin quels déboires attendent l'homme qui, dans une entreprise d'amour, engage le meilleur de lui-même et prétend imposer son cœur à qui n'en a que faire, que deviendra-t-il dans ce monde fallacieux et doré dont il ne partage ni les sentiments ni les appétits, dont il ne parle point la langue, dans ce monde qui le redoute et s'amuse à ses dépens ? Il n'aura pas, comme nos modernes, les ressources du voyage, de la lecture (on ne lisait guère, au XVIIe siècle, sinon chez les savants et les auteurs de profession), ni même des arts mécaniques, fort estimés à partir du Régent, qui gravait lui-même ses croquis. Alceste ne saurait se faire Turc, à la manière de ce gentilhomme qui prit du service dans les troupes du Grand Seigneur, devint capitaine, général d'armée, ambassadeur et ne revint en Europe que pour y notifier aux rois les volontés de la Sublime Porte.

Il n'ira pas non plus, vagabond ulcéré, conduire sa mélancolie à travers les paysages mornes que traverse le *Misanthrope* de Breughel le Vieux (Musée de Naples). Long, maigre, dans un froc de couleur indécise, le capuce rabattu sur son visage d'où le nez en bec d'oiseau, la barbe blanche et peu soignée émergent en vigueur, il passe, le désenchanté vieillard, sans rien voir de la campagne déserte ; ses pieds enfoncent dans la neige, son intellect dans les pensers moroses. Sur le sol, blanc et froid, des corbeaux, seuls êtres vivants au milieu de ce désert, ont laissé la marque en étoiles de leurs pieds. Un arbre mort, à droite, estompe dans le ciel fuligineux ses dolentes ramures. Cependant, un nain contrefait, quelque fou de cour sans doute, engoncé dans une sphère armillaire et, sur ses épaules montueuses, portant la figure du Monde, rampe sur le chemin du Vagabond. Il se glisse derrière lui. Pour le confirmer dans son pessimisme, impudemment il déleste sa tunique d'une bourse volumineuse, toute sonore de florins, d'angelots et de ducats.

Ainsi, l'homme qui méconnaît la loi de l'Univers, qui blasphème la Vie et son incomparable douceur, attire justement sur sa tête la dérision de tous. Son or inutile passe en des mains scélérates sans que nul, désormais, prenne pitié de lui.

Mais Alceste connaît trop bien le train du monde et les devoirs de son rang pour, comme le chemineau du vieux Breughel ou comme le Bhagat de Kipling, s'en aller, en robe de moine mendiant, courir la prétentaine.

Le trop-plein de son cœur blessé, néanmoins, s'écoulera. Dans des pages d'amertume et de vérité, sur le bronze et l'or, gravés d'un poinçon tumultueux, il attestera, pour les siècles à venir, ses rancunes, son mépris et sa douleur. Duc et pair, une fois rentré dans sa demeure, la porte close, le quinquet allumé, son cordon bleu jeté sous un fauteuil et sa perruque mise au dossier d'une chaise, il prendra, comme Saint-Simon chez les dames de Noailles, sa « tête fumante » à deux mains, puis, dans le silence nocturne, libre de témoins, de fâcheux, il écrira aussi longtemps que lui dureront l'encre et le papier ; il écrira sans fin, le grand et le menu, traçant des portraits, discutant, maugréant, fécond d'idée et de langage. Il deviendra le premier écrivain de son siècle, par besoin d'épancher sa verve, de dire au vélin muet sa colère, son indignation, pour mettre au pilori la veuve Scarron que Madame traite de « guenippe » et le reste! pour stigmatiser le duc du Maine, élevé en dignité à l'égard du premier Prince du sang; il deviendra le plus grand écrivain de son siècle, parce qu'il ne faisait pas un livre et ne l'a pas voulu.

A moins que, touché par la grâce, il ne tourne les yeux vers ces nobles ermitages où de pieux solitaires, confinés dans l'oraison, l'étude, l'oubli du Monde, écoutent les voix du Silence, vivent la vie intérieure, s'endorment dans la paix, à l'ombre des tombeaux. C'est la conversion finale « qui ne manque guère, en ce temps-là » (Taine). Après Louis XIV, Lavallière ne pouvait plus appartenir qu'à Dieu. Après Versailles, un homme de qualité ne saurait habiter d'autre demeure que le cloître et, comme Rancé, comme du Charmel, comme tant d'autres, se réfugier à la Trappe ; car, en ce temps de foi monarchique et de foi religieuse, le service de Dieu, seul, exempte un gentilhomme de consacrer ses jours au service du Roi.

Mais c'est à Port-Royal, dans ce vallon « si proche de Paris et pourtant si lointain par tout ce qu'il évoque », c'est dans la bienheureuse solitude que Fernand Gregh a chanté, dans ce port mystique où vinrent, tour à tour, se réfugier

> ... la mère Agnès et la mère Angélique,
> Le bon monsieur Vitard, le pur monsieur Singlin,
> Monsieur Le Maître, esprit habillé de « fin lin »,
> Et les Arnaud, tribut féodale et biblique...
> Où le « petit Racine », ému, les mains fiévreuses...
> Nourrit avidement son jeune rêve grec
> Au rêve alexandrin du vieil Héliodore,

qu'Alceste pourra satisfaire son besoin d'absolu, trouvera des âmes pareilles à la sienne, des âmes que la persécution grandit, élève au-dessus d'elles-mêmes, porte au sommet de l'héroïsme et du renoncement. Un homme du XVIIe siècle ne se révolte pas contre le Roi. Mais, sans espoir, désabusé de la Nature, il trouvera, du moins, parmi les hommes de Port-Royal, cette âpre dévotion qui permet de regarder la mort comme une victoire et de tenir tête aux archers du lieutenant général. Sous la rude conduite de l'abbé de Hauranne, il vivra, oublieux des amours anciennes, hérétique pour tout le royaume, seul chrétien au regard de Pascal et du grand Arnaud. Les messieurs de Port-Royal paraissaient à Flaubert « plus cocasses, plus anti-humains, plus spéciaux que des barbares tatoués ». Or, malgré « ce causeur sinueux de Sainte-Beuve », nous ne sommes pas loin de partager cette opinion. Les austérités de M. Le Maître ou de l'abbé de Pontchâteau, la manie écrivante de Saint-Cyran, l'entêtement augustinien de l'évêque d'Ypres émanent de causes que nous concevons, à la rigueur. Les jansénistes apportaient dans la mysticité l'esprit formaliste, dur, littéral et sec de la basoche, de la robe, du haut commerce parisien, dont la plupart étaient issus. Mais l'*antiphysis*, la négation de tous les sentiments humains, la journée où Mlle Arnaud ferma le verrou sur son père éperdu, ses neveux refusant d'assister leur mère mourante, parce que « c'eût été donner trop à la Nature », ces misanthropes-là nous semblent vraiment hérétiques, non seulement sur la question de la grâce efficace ou efficiente, mais en tout ce qui concerne l'humanité, prise avec ce qu'elle a de meilleur et de plus fort.

Comme ils sont loin, ces rudes théologiens de la foi miséricordieuse où Paul Verlaine chercha, aux heures troubles de sa vie, un remède aux plus intimes douleurs ! Qui pourrait, sans être ému, lire ces vers du « poète saturnien », misanthrope aussi, comme tous les infortunés, où l'image de l'enfant qu'il aime apparaît « comme un gage de pardon et de finale réconciliation » :

Que je vais vous aimer, vous un instant pressées,
Belles petites mains qui fermerez mes yeux !

Ainsi les grandes figures que suscitent les poètes prennent, d'âge en âge, une signification nouvelle ; par une sorte de métempsychose, elles s'incorporent à la Vie, à l'Humanité, l'Humanité variable et continue, en un perpétuel devenir. On les a justement comparées aux montagnes qui changent de couleur et d'aspect, suivant l'heure et le lieu d'où leurs cimes apparaissent. Hamlet, Faust, Don Juan, Don Quichotte, se transforment sans cesse, comme pour se rapprocher des générations qui les contemplent. Certes, le *Misanthrope* qui nous a, par chemins détournés, conduit aux portes du xxe siècle, n'atteint pas à la hauteur de ces Monts Blancs et de ces Himalayas. Il domine, toutefois, sur un vaste domaine pacifique et lumineux. Mettant bas son harnais de courtisan, il apparaît au monde comme la conscience même du Juste, comme un héros d'indépendance et de véracité. Alceste n'a pas toujours porté le flot de rubans verts, sur la rhingrave et sur l'épaule du justaucorps doré. On le retrouve dans tous les temps, chez tous les peuples, à travers les civilisations, protestant contre l'injustice des individus, l'infâme complaisance des foules et leur homicide lâcheté. Son intelligence équitable a revisé tous les procès de l'Histoire, appelé des arrêts éphémères à la Loi éternelle, soumis le bon plaisir des Dieux à la conscience de Caton. Il a marché, par la route droite et large de la science, de la raison et de la bonté, dédaigneux du vulgaire inepte, de ses clameurs et de sa haine. Il a brandi le fer de Thraséas, vidé la coupe de Socrate. Il a relevé le front de toutes les victimes, soutenu les faibles et redressé les forts. Il a eu pitié contre les destins même et, pour consoler ses frères opprimés, leur a montré, comme un exemple et comme un réconfort, ce qu'ajoutent de noblesse à la vie humaine les jugements d'un esprit libre, l'immolation volontaire d'un grand cœur.

LA PHARMACOPÉE
AU TEMPS DE MOLIÈRE

LA PHARMACOPÉE
AU TEMPS DE MOLIÈRE

Dans la vaste galerie où les portraits de Versailles et les images de l'éternelle humanité consacrent le nom de Jean-Baptiste Poquelin, parmi les types douloureux ou grimaçants : maris bafoués, savants grotesques et pieds-plats du Parnasse, pères acrimonieux autant que ridicules, amants jaloux, faux dévots, coquettes sans vergogne, gentilshommes doucereux et malhonnêtes, escrocs de qualité, ceux que Dancourt, un peu plus tard, nommera « chevaliers à la mode », vieilles filles en mal d'amour, provinciaux nasardés, puis détroussés par les héros de la chiourme et les filles des Madelonnettes, bourgeois tournés en dérision chez les marquis dont ils « fument les terres », usuriers obligeant au denier deux les garçons de famille, il en est un où se plaît la verve de Molière et qui revient sans cesse, tantôt personnage épisodique, tantôt figure principale dans ce théâtre amer et cruel comme la vie, apportant le comique de son jargon suranné, de sa défroque plutonienne, de son pédantisme et de sa docte imbécillité : ce type, c'est le médecin.

Du *Médecin volant*, farce juvénile dont l'auteur du *Misanthrope* glane le scénario dans une parade italienne, jusqu'au *Malade imaginaire*, dont il n'interrompt le jeu que pour mourir, Molière n'a pas mis en scène moins de douze morticoles, sans compter les apothicaires, matassins et porteurs de lavements.

Monsieur de Pourceaugnac, l'*Amour médecin*, le *Médecin malgré lui*, et ce *Malade imaginaire* (en qui les neurologistes d'à présent reconnaîtraient un malade avéré, un cas de neurasthénie indiscutable) égayent la misère humaine, la souffrance, l'agonie et la mort de tout ce qu'implique un pareil sujet d'ironie et de sarcasmes. Ainsi James Ensor prête aux squelettes qui grouillent, dans ses apocalypses, les masques du carnaval. Molière n'a pas le tempérament lyrique. Il ne se penche ni sur les tombeaux, ni sur les ruines. Son esprit, tourné au positif, ignore la mélancolie et n'a que faire de soupeser les têtes de mort dans le cimetière d'Elseneur ou d'écouter aux portes du Néant le son qui rend la Vie. Il ne lamente sur les faibles, ni sur les vaincus. Mais, avec une belle humeur sanguine et la clairvoyance un peu bourgeoise d'un entendement qui, par nature, évite les sommets, il raille, à tous coups, les marchands d'illusions : sorciers hippocratiques, charlatans pavoisés de grec et de latin, docteurs à bonnets d'âne qui, par leurs onguents, leurs médecines et leurs emplâtres, s'enorgueillissent d'amender les lois de la Nature et d'en suspendre le cours.

« On guérit les infirmes — disait Solon — par la vertu des herbes médicinales, par l'imposition des mains et les paroles sacramentelles. » Pétrone ajoutait, un peu plus tard : « Le médecin n'est autre chose que le consolateur des esprits inquiets ». Molière, moins bénévole, n'admet pas le « roman de la médecine ». Il dénigre, attaque, houspille et chamarre d'ineffaçables ridicules, sans trêve, il poursuit, il blasonne de folie et d'imbécillité les cuistres de collège, les Diafoirus qui, tour à tour, se réclamant d'Aristode ou de Galien, prétendent soulager, guérir les maux dont ils ignorent la cause et partant les remèdes.

Avec une attention plaisante, Molière fixe le type de ces rebouteurs emperruqués, diversifiant leurs gestes et mettant leurs attitudes en relief. Ce sont eux et les évaporés petits marquis — les Acastes, les Mascarilles que Louis XIV n'aimait guère, quand ils papillonnaient dans l' « île d'Alcine » autour de ses conquêtes — les petits marquis d'après nature, ce sont eux qui fournissent le comique « solide et lourd » dont la robuste gaillardise tempère ce que le théâtre de Molière eût fait paraître de pessimiste, de lugubre et de méchant.

Ils y tiennent l'emploi des *graciosos* dans les « journées » du théâtre espagnol ou des clowns dans les atellanes de Shakespeare. Ils ont moins de grossièreté verbale, mais combien moins de caprice et d'humour. Ainsi que Taine le remarque judicieusement : « Si Molière fut le dieu de la comédie, ce dieu, chaque matin, faisait le lit du roi ». La sécheresse, l'esprit étroitement circonspect, le goût des façades régulières inhérent à Louis XIV ne permettaient pas à l'ordonnateur de ses fêtes la rêverie exubérante et les caprices aériens. Les *Oiseaux*, le *Songe d'une nuit d'été* n'auraient pas eu leur place dans les réjouissances de Marly ou les pompes de Versailles. Mais Poquelin est un oiseau gaulois, un coq solidement piété sur ses ergots, coq à la voix robuste, à la crête sanguine, volatile grandi sur le carreau des halles, qui n'a l'aile du cygne ni le gosier du rossignol, mais qui, d'un bec intrépide, gratte le fumier des rues tripières et trouve son bien dans les faits et dires des petites gens. Sa gaîté s'apparente à la brusque humeur de Mme Jourdain et du bonhomme Chrysale, au rire épais de Sganarelle, fait bon ménage avec les discours massifs des « raisonneurs » qui, dans la *Comédie de caractère*, portent la parole au nom de la bourgeoisie éclairée, ou, si l'on veut, des « honnêtes gens ».

D'ailleurs, à la cour de Louis XIV, la pompe extérieure s'accommode fort avec une grossièreté de mœurs, une licence de paroles propre à effaroucher l'extrême délicatesse du temps où nous vivons. La duchesse de Bourgogne amuse Jupiter en prenant sous ses yeux, dans le sanctuaire même de la vieille Maintenon, le rafraîchissement abhorré de Pourceaugnac. On connaît dans quel appareil Vendôme reçoit Alberoni et quels propos échange avec l'électrice de Hanovre cette fière Allemande, la mère du Régent. Benserade, en composant les vers d'un ballet où figurait Louis XIV, risque des traits que n'eûssent pas désavoués Armand Silvestre ou Tabarin.

Le Roi lui-même descend de l'Olympe, ne trouvant pas indigne de sa grandeur les notes d'apothicaires, les matassinades et la bénignité de M. Fleurant. Le trône et la garde-robe, la scatologie et l'étiquette se confondent sans disparate dans l'aveuglante majesté du Roi-Soleil.

C'est pourquoi Molière demande à la réalité la plus triviale ses personnages les plus gais.

« Il est à remarquer — dit Chamfort — que parmi tant de traits décochés contre les diverses professions, le grand comique n'en eut pas un pour les financiers, ayant reçu de Colbert des ordres à ce sujet. »

Turcaret devait paraître plus tard, après le « système » et les désastres de Law. Molière donc s'en tenait aux médecins, qu'il raillait infatigablement. Pour les rendre plus grotesques et les pousser en relief, sa comédie abstraite et généralisatrice note les moindres particularités. Il ne néglige ni la mule de M. Tomès, ni le bégaiement de M. Macroton, ni la bredouillante volubilité de M. Bahis.

Harpagon, c'est l' « avare », l'avare nullement particularisé ; pour tout dire, beaucoup moins un homme qu'une entité philosophique. Nous ne savons rien de son visage, de ses goûts, ni de ses habitudes.

Vous reconnaissez, dans la rue ou dans un salon, Nucingen, Gobseck et le père Grandet. Gogol a fait de son Pluskine un être vivant dont les tics, les habits râpés, les cheveux plats et la voix aigre sont imprimés dans nos souvenirs.

L'immense Shylock, vous le retrouvez sous le frac du gentleman, dans l'équipage du banquier parvenu ; car les êtres inventés par Balzac, par Shakespeare, par les poètes de leur famille intellectuelle vivent d'une existence propre, tandis que la plupart des caractères de Molière ont entre eux un air de vague ressemblance, comme, sous la perruque à trois marteaux, les portraits de Largillière, de Coypel, d'Hyacinthe Rigault ou de Lebrun.

Mais quand il s'amuse à caricaturer les médecins

de son temps, Guénaud, Desfougerais, Vallot et Guy Patin lui-même, il précise. D'un trait net, il dessine la figure contemporaine, l'homme en jupon noir, en bonnet pointu, qui se glorifie à son tour de faire la loi aux maîtres du monde et devant ses prescriptions d'incliner l'orgueil des belles inhumaines, la superbe des rois.

La maladie et la mort, la triste séquelle des apothicaires font une diversion au royal, au classique ennui du XVIIe siècle. Entre l'éloquence de la chaire et l'emphase de la tragédie, elles apportent je ne sais quelle épicrase, bienvenue à ces patriciens que dévore leur solennelle oisiveté. Mais d'où vient le prodige et comment se peut-il faire qu'une telle vision ait cristallisé en bouffonnerie ?

Quand il assiste aux *Avariés*, aux *Remplaçantes*, aux drames pathologiques de M. Brieux, le public sait bien qu'il n'est pas venu là pour s'amuser, mais bien pour étudier en ce qu'elle a de moins glorieux, la fragilité des Ephémères.

« Le juriste — dit Schopenhauer — voit l'homme dans toute sa méchanceté, le théologien dans toute sa bêtise et le médecin dans toute sa faiblesse. »

Ouvrant sur la scène un cabinet de consultations, M. Brieux n'a rien caché au spectateur de cette faiblesse ni des maux qui lui font cortège. Tout en lui, s'apparent d'ailleurs à la pompe funèbre ;

le style croque-mort émane de son intellect aussi naturellement que la rose fleurit sur le rosier.

Molière prend gaiement son parti de la précarité humaine. La mort subite, les humeurs peccantes, le mettent en gaîté. L'apoplexie a le privilège de désopiler sa rate presque autant que les infortunes conjugales d'Arnolphe ou de Georges Dandin. L'hypocondriaque, le vieillard cacochyme, l'impotent épanouissent en un large rire sa lèvre charnue et rubiconde. On meurt chez lui, presque aussi gaillardement que dans le *Légataire universel.*

Cette belle humeur, qui n'a rien de forcé ni de voulu, émane du fond même des choses. La médecine, au temps de Louis XIV, fait partie intégrante de la mécanique journalière qui définit et règle les moindres actions de chacun. Depuis le Roi lui-même jusqu'aux porteurs de chaise, aux marmitons et aux serdeaux, les habitants de Versailles, quelle que puisse être leur fortune, portent le joug de l'étiquette. Le soleil monarchique lui-même gravite suivant l'ordre immuable des constellations. Or, le médecin relève l'éclat de la couronne. Il entre dans le particulier de la maison royale, au même titre que le confesseur, le capitaine des gardes et les grands officiers.

Il donne aux lettres de la Marquise, aux bons mots de Mme Cornuel, des prétextes heureux.

Quand la princesse Palatine fit son entrée à Versailles, aucunement intimidée et — dit Saint-Simon — « avec le rustre d'un suisse », le Roi lui présenta le médecin attaché à sa personne. Mais elle répondit qu'elle n'en avait que faire, qu'elle se portait à merveille et que si, par hasard, quelque malaise lui venait, elle faisait deux sauts et n'y pensait plus. Sur quoi son auguste beau-frère la tança vertement, lui fit comprendre comme quoi une princesse de la maison de France devait à l'éclat de son rang de compter parmi ses domestiques, un Hippocrate. Madame s'inclina, prit le médecin, mangea comme devant, de la soupe à la bière, des harengs fumés, du lard aux choux qui délectaient — comme elle dit — sa « gueule tudesque », et ne s'en porta que mieux.

Les incommodités des enfants de France, leurs coliques, leurs rougeoles mêmes, la fièvre qui tenait les princesses, les indigestions de Monseigneur occasionnaient un déploiement de cérémonial entourant le malade comme d'une pompe religieuse et le portant bien au-dessus de la commune infirmité.

Louis XIV qui cependant n'admettait pas que les indispositions d'autrui pussent faire échec à la belle ordonnance, à l'étiquette des plaisirs qu'il se donnait, Louis XIV qui foudroya les courtisans de son courroux quand la Dauphine de Bavière fut « blessée à son service » en allant à Fontainebleau,

Louis XIV avait fait de sa garde-robe un autel et de ses jours de médecine quelque chose comme une fête dévolue à la célébration d'un rite solennel.

Les jours de médecine, qui revenaient tous les mois au plus loin — dépose Saint-Simon — il la prenait au lit, puis entendait la messe où il n'y avait que les aumôniers et les entrées. Monseigneur et la Maison royale venaient le voir un moment. Puis M. du Maine, M. le comte de Toulouse, lequel y demeurait peu, et Mme de Maintenon le venaient entretenir. Le roi dînait dans son lit, sur les trois heures, où tout le monde entrait, puis se levait et il n'y demeurait que des entrées.

Molière est plein de ces détails. Saint-Simon ne les épargne guère. Le bassin de Vendôme est promené dans ses mémoires avec le sans-gêne hautain d'un grand seigneur qui peut tout dire. Les lettres de Madame à sa sœur de Hanovre renferment un des plus vigoureux échantillons du genre scatologique ; elles dépassent fort en incongruités les pages les plus « ordes et puantes » de Rabelais ou de Gueulette.

Et ce n'est pas la moindre gloire de l'Etat monarchique, cette déification d'un seul homme jusque dans les plus humiliantes nécessités. Louis le Grand, quand il joue au billard ou fait manger des biscottes à ses chiennes couchantes, reste plus que jamais, le roi des rois, le maître de la terre. Voyez son haut-relief de la porte Saint-Martin. Le sculpteur l'a représenté en Hercule, appuyé sur la massue, une peau de lion à l'épaule, sans le moindre linge, mais emperruqué abondamment. Cette perruque est un symbole, ses cheveux, les rayons du jour lui-même. Le Roi Soleil éclaire l'univers de son omniscience. Il apprend à Mansard comment on bâtit un palais, à Racine comment on écrit une tragédie, à Bossuet comment on déclame un sermon. Il discerne — après. quelque répétition préalable — un tableau de Coypel d'avec sa copie. Il enseigne la guerre à Catinat ; il déduit à M. Fleurant la manœuvre de son engin professionnel.

Dans cette chambre où les duchesses à tabouret font la révérence en passant devant son lit, Fagon, Dacquin, Maréchal, tout, jusqu'aux empiriques, se disputent le goinfre couronné.

Dacquin d'abord, courtisan subtil mais resté avare et avide, voulant de toute façon établir sa famille. Dacquin, créature de Mme de Montespan, n'avait rien perdu de son crédit par l'éloignement final de la maîtresse, mais n'avait jamais pu « prendre » avec la Maintenon, à qui tout ce qui sentait cet autre côté fut toujours plus que suspect.

Elle parvint à lui substituer Fagon, un des beaux et bons esprits de l'Europe, curieux de tout ce qui avait trait à son métier, implacable ennemi des charlatans, des empiriques. A son avis, il n'était permis de guérir que par la voie commune des médecins reçus dans les Facultés. En outre, adversaire acharné de l'ipéca, d'Helvétius, de l'antimoine et qui jugeait — tel M. Desfonandrés — qu' « un homme mort n'est qu'un homme mort et ne fait point de conséquence, au lieu qu'une formalité négligée porte un notable préjudice à tout le corps de médecine ».

Fagon se maintint en place jusqu'aux derniers jours du Roi, malgré les avis du chirurgien Maréchal que sa position subalterne (en ce temps le chirurgien n'était qu'une sorte de barbier préposé aux saignées) ne mettait pas en bonne posture pour discuter avec le premier médecin du Roi.

Néanmoins, quand la santé du maître déclina d'une façon visible, après cette revue du 25 août 1715 où Louis XIV se montra pour la dernière fois en public, le terrible Fagon dut baisser la tête devant un butor sans grade et sans notoriété qui portait au Roi un remède secret, un élixir dont la vertu presque miraculeuse était susceptible de ranimer le moribond.

Fagon, accoutumé — dit Saint-Simon — de régner sur la médecine avec despotisme, trouva une manière de paysan fort grossier qui le malmena très brutalement... L'empire que ce malotru avait pris sur la médecine fut l'étonnement, le scandale, l'humiliation de Fagon, qui, pour la première fois de sa vie, au bout de son art et de ses espérances, s'était limaçonné en grommelant sur son bâton, sans oser répliquer de peur d'essuyer pis.

En présence de tels originaux, Molière n'a qu'à donner le coup de pouce. Il était mort depuis quarante ans, lorsque se produisit la scène entre Fagon et le Provençal, mais les médicastres qu'il avait sous les yeux, au beau temps de Madame Henriette et des fêtes galantes où le Roi se costumait en paladin de l'Arioste, valaient bien ceux qui médicamentaient son hiver assombri.

Les dissertations de M. Diafoirus et des aliénistes attachés à Léonard de Pourceaugnac diffèrent assez peu du galimatias de Jean Fernel, premier médecin d'Henri II, régent en médecine de la faculté de Paris, dont l'abrégé thérapeutique retenait encore la faveur de tous, au XVIIe siècle, et dont l'éloge par Scévole de Sainte-Marthe, mis en français par Colletet, élève aux astres cet homme « presque divin ».

En ce temps, la médecine est galénique, hippocratique, péripatétique. Elle atteste Galien, Aristote, le *Nouveau Testament* et les *Fables* d'Esope. Elle entasse les in-folios, des dissertations latines et françaises que rehausse, la plupart du temps, un frontispice en taille-douce. Elle parle des humeurs, de la bile noire et de la bile jaune, des esprits vitaux et de l'humide radical. Elle croit aux « signatures », propose de traiter la jaunisse avec le suc jaune des carottes ; elle préconise la chasteté du nénuphar à cause qu'il est blanc et s'épanouit dans les froides fontaines. Elle fait la guerre à la mélancolie, aux humeurs et, les yeux offusqués de ces doctes bésicles, se garde bien de regarder autour de soi les aspects changeants de l'Homme et de la Vie.

Elle a des dogmes, une sorte de théologie orthodoxe dont rien ne saurait la faire départir. La démonstration que fait Harvey de la circulation du sang apparaît à ses yeux comme une hérésie et l'abomination de la désolation : « Ce qui me plaît en lui — dit M. Diafoirus, qui préconise Thomas, son héritier — c'est qu'il s'attache aveuglément aux opinions de nos anciens, et que *jamais i n'a voulu comprendre ni écouter* les raisons et les expériences des prétendues découvertes de notre siècle, touchant la circulation et autres opinions de même farine ».

Si la physiologie, au temps de Molière, est chimérique, la pathologie extravagante, la pharmacopée outrepasse encore leur incohérence et leur absurdité.

Dans le *Médecin malgré lui*, vous entendez Sganarelle prescrivant à une hydropique du « fromage préparé où il entre de l'or, du corail et des perles précieuses », à une fille muette « du pain et du vin à cause qu'on ne donne autre chose aux perroquets et qu'ils apprennent à parler en mangeant cela ».

Vous retrouverez force remèdes analogues dans

les formulaires du temps. Prenons le plus autorisé, la *Pharmacie galénique et spagyrique*, de Moyse Charas, apothicaire artiste du Roi en son jardin royal. Ce Moyse Charas était un savant homme. Outre sa belle boutique du faubourg Saint-Germain, sise rue de la Boucherie, à l'enseigne des *Vipères d'Or*, il était préposé au Jardin des Plantes et régnait sur le végétal comme sur les métaux.

Son livre abonde en recettes que magnifient, çà et là, de copieux discours sur la thériaque, la coction, la distillation et autres secrets de l'art.

On acquiert, à lire un tel bouquin, de surprenantes clartés. Voici, par exemple, un beurre ou huile glaciale d'étain, dont on fait ensuite une préparation qu'on nomme bézoard de Jupiter, tandis que la poudre émétique, seule, mérite le nom de bézoard minéral « tant à cause de ses qualités bézoardiques que pour ce que sa substance est toute minérale ».

Voici le sirop de limaille d'acier, les miels rosats, émétiques, le sucre de roses, le miel de nénuphar et l'hydromel vineux.

Etes-vous curieux de savoir comment se préparent les trochisques de magnanimité, propres à ranimer l'appétit vénérien chez ceux qui l'ont perdu?

On pilera, dans un mortier, les pistaches mondées, les racines de satyrium confites et la conserve de fleurs de romarin, de quoi l'on passera la pulpe dans un tamis de crin renversé. On pulvérisera subtilement les troncs de vipères, de même que les stinks, la semence d'erruca, le galanga, le cardamome, le girofle, la cannelle, le macis, l'ambre gris et le musc. Après avoir mêlé ces poudres avec les perles préparées, avoir dissous et cuit le sucre en électuaire solide, etc., etc., on en fera des tablettes d'environ cinq gros chacune, qu'on serrera dans une boîte, pour le besoin.

Charas ne se contente pas de déduire minutieusement la façon d'accommoder les précieuses tablettes. Il indique en outre, comme il les faut employer. Elles peuvent, assure-t-il, donner de grands secours aux personnes qui n'ont pas toute la vigueur nécessaire pour vaquer à leurs occupations ou pour cueillir des myrtes — les surmenés d'à présent.

On en prend une ou deux, matin et soir, en buvant par-dessus deux ou trois onces de vin d'Espagne. Enfin, comme il est homme de bon jugement et d'utile conseil, Charas recommande, pour corroborer l'efficacité du remède et guérir au plus tôt, d'user d'aliments de bon suc, en éloignant de l'esprit tous soucis importuns.

Voici encore la poudre fortifiante de vipère, la poudre joyeuse, dans laquelle entre de l'or, de l'argent, et du musc oriental, du macis, etc., etc., la poudre de Pannonie (assez comparable au fromage de Sganarelle), on y mélange le santal en poudre à la corne de licorne.

Sur ce dernier ingrédient Charas fait des réserves.

Il ne croit pas à la licorne, telle que l'ont décrite les bestiaires médiévaux, à la licorne que montrent les tapisseries du musée de Cluny, dont le corps est pareil à celui d'un cheval, dont le front est armé d'une corne en spirale, cette licorne, enfin, que cinquante ans auparavant, chantait Pierre Fabri, curé de Carcassonne, comme une préfiguration de la Vierge Marie :

Pure licorne expellant tout venin.

Charas — plus sceptique — remplace la corne fabuleuse par un os de seiche ou de narval.

Il cite la thériaque d'Andromachus le père, médecin de Néron, ce « remède obscur, impur et souverain » (Jacques de Boisjoslin), la thériaque réformée, la thériaque *diatesscron* de M. Dacquin, toutes deux agissant par l'opium :

Fort estimées pour le soulagement des maladies froides, entre autres des paralysies, léthargies, convulsions, épilepsie, elles se trouvent fort propres contre les faiblesses et les dévoiements de l'estomac, le choléra morbus et toutes les coliques, contre les fièvres d'accès et particulièrement la quarte, contre les vers et toutes sortes de poisons ou venin, contre la peste, la petite vérole, contre la morsure des chiens enragés, contre les passions hystériques et une infinité d'autres affections.

Charas ne néglige ni le mithridat ni l'électuaire catholique, ce *catholicon* dont les auteurs de la *Mé-*

nippée ont fait l'emblème de la panacée illusoire, du remède universel promis par tous les charlatans politiques à la badauderie du bonhomme Démos, remède que tous prétendent tenir et qu'ils cèdent volontiers, à leur dupe incorrigible, contre l'Assiette-au-beurre et ses avantages positifs.

Nommerai-je les pilules aggrégatives ou polychrestes, l'huile de vers de terre, l'huile d'œufs durs, l'huile de scorpion et l'huile de renard, la distillation de crâne humain (*usnée*), de cigognes, de cloportes et de grenouilles, les pilules fétides et les yeux d'écrevisses concassés ? Molière n'est-il pas vaincu par cette débauche pharmaceutique ?

Les « parties civiles » de M. Fleurant, les potions, juleps, clystères détersifs du *Malade imaginaire* ne sont-ils pas déduits et commentés dans ce livre, dédié à Colbert, orné d'une estampe où l'on voit les Quatre Parties du Monde apportant aux *Vipères d'Or* leurs fruits, leurs bêtes et leurs fleurs ?

Avec de tels chimistes, les empoisonneurs avaient beau jeu. La science maudite se riait de la science pédantesque, de Fagon et des autres savantasses. Le poison, instrument de règne chez les Césars et les Borgia, devenait à la cour de Louis XIV un instrument de richesse et de volupté. La boutique de la Voisin répondait à l'officine de Charas. La poudre de succession, la poudre de diamant, comme la cantarelle ou l'*aqua tofana*, multipliaient les catastrophes, supprimaient en un jour les maris incommodes, les pères opulents. Mme de Brinvilliers empoisonnait dix fois de suite Aubray, son père, dont elle ne pouvait venir à bout, ses frères, plusieurs autres et son mari que l'amant désempoisonnait, par crainte — dit Mme de Sévigné qui trouve ces choses fort plaisantes — d'épouser une femme aussi méchante que lui. Entre temps, la Brinvilliers envoyait aux pauvres de l'Hôtel-Dieu, servait à ses amis des tourtes aux pigeonneaux qui n'étaient pas sans analogie avec les amanites et les cèpes d'Agrippine. Le chevalier du Guet avait été de ces jolis repas. Il s'en mourait, au moment du procès, depuis deux ou trois ans. La Brinvilliers demandait un jour s'il était mort. On lui dit que non. « Peste ! dit-elle, en se tournant : Il faut qu'il ait la vie bien dure. »

La Chambre ardente, deux ans à peine avant cette cause célèbre, avait jugé à l'Arsenal une autre affaire de poisons. Mais les comparses furent seuls atteints par la justice: Guibourg un prêtre sacrilège qui avait dit la messe noire avec, pour autel, Mme de Montespan ; la Vigouroux, la Voisin, sinistres commères, moitié devineresses et moitié pourvoyeuses, faisant commerce de philtres amoureux, de billets doux et de mort subite. Les grands seigneurs échappèrent, comme Penautier, compromis dans l'affaire de la Brinvilliers, devait échapper à son tour. Car il avait répandu cent mille écus pour faciliter toute chose, et déjà, sous Louis XIV comme de notre temps, un homme qui peut employer cent mille écus à prouver son innocence est, quelles que soient ses actions, pur à jamais de crime ou de délit.

Cependant le poison n'épargne pas les dieux. Le chevalier de Lorraine enduit la tasse où Madame boit son eau de chicorée avec une de ces drogues italiennes qui frappent comme la foudre et ne pardonnent pas. Et, plus tard, la reine d'Espagne, Marie-Louise d'Orléans, fille d'Henriette d'Angleterre, accepte de la « noire Olympe », que la clémence royale avait dérobée à la Chambre ardente, un verre de lait préparé pour le compte de l'Autriche par Mansfeld, son ambassadeur. Elle ne tarde pas à succomber, emportant avec elle ce qui restait de raison au fantôme-roi qu'elle avait épousé.

Après Molière et les pédants ignares qu'il joue, l'homme qu'investit le droit de purger, de saigner et de tuer avec l'assentiment de la Faculté ne cesse pas de contribuer aux plaisirs de la clientèle.

A côté des Purgon, des Diafoirus, des Thomès et des Macroton, le docteur Sangrado fait, dans *Gil Blas de Santillane*, assez bonne figure. Il passe de la comédie au roman, avec son bagage intact de sottise et de pédanterie.

La caricature à peine indiquée dans Rabelais, à

qui Molière, par deux fois, dans le *Médecin volant* et le *Médecin malgré lui*, emprunta le geste de Rondibilis, acquiert ici le développement nécessaire. Néanmoins, le dialogue entre Panurge et Rondibilis médecin en donne l'essentiel :

Puis s'approcha de lui et lui mit en main, sans mot dire, quatre nobles à la rose. Rondibilis les prit très bien, puis lui dit en effroy, comme indigné : Hé, hé, hé, monsieur il ne fallait rien. Grand merci toutefois. Des méchantes gens, jamais je ne prends rien. Rien jamais des gens de bien je ne refuse. Je suis toujours à votre commandement.

— En payant, dit Panurge.

— Cela s'entend, respondit Rondibilis.

Le médecin, entrevu par Rabelais, occupe le théâtre comique du XVIIe siècle. Au début du XVIIIe, Le Sage, une dernière fois, évoque d'un trait cursif le baudet hippocratique engoncé dans sa fraise et dans ses préjugés.

Pour la première fois de sa vie qui avait été si longue, le licencié Sedillo eut recours aux médecins. Il demanda le docteur Sangrado, que tout Valladolid regardait comme un Hippocrate. J'allai donc chercher le docteur Sangrado ; je l'amenai au logis. C'était un grand homme sec et pâle et qui, depuis quarante ans pour le moins, occupait le ciseau des Parques. Ce savant médecin avait l'extérieur grave. Il pesait ses discours et donnait de la noblesse à ses expressions. Ses raisonnements paraissaient géométriques et ses opinions fort singulières.

« Il faut, dit-il à mon maître, que vous renonciez aux aliments de bon goût. Les plus fades sont les meilleurs pour la santé. Comme le sang est insipide, il veut des mets qui tiennent de sa nature. »

Alors, Sangrado m'envoya chercher un chirurgien qu'il me nomma et fit tirer à mon maître cinq bonnes palettes de sang pour commencer à suppléer au défaut de transpiration. Puis il dit au chirurgien : « Maître Martin Oñez, revenez dans trois heures en faire autant et, demain, vous recommencerez. C'est une erreur de penser que le sang soit nécessaire à la vie. On ne peut trop saigner un malade. »

Sangrado est végétarien. Il proscrit le sel et préconise, déjà ! la « déchloruration » des aliments.

Il ne permet à son domestique, pour toute réfection, que des pois, des fèves, des pommes cuites, du fromage et de l'eau abondamment.

Plus tard, il dévoile à Gil Blas, dont il est satisfait, les arcanes et le fin mot de l'art :

« Sache, mon ami, qu'il ne faut que saigner et faire boire de l'eau chaude. Voilà le secret pour guérir toutes les maladies du monde. Cela épargne la peine d'étudier la physique, la pharmacie, la botanique et l'anatomie. »

Depuis que le docteur Sangrado a cessé de phlébotomiser jusqu'à la mort ses victimes ; depuis la fin d'Argan ; depuis le changement de costume qui rend aux médecins de Molière les dehors et l'apparence bourgeois qui harnache leur commerce d'un acoutrement à la mode en même temps que de respectabilité, combien d'heures ont passé ! Les jours ont suivi les jours, et les fils amendé l'héritage de leurs pères.

Faut-il en conclure cependant que les médecins aient apporté de notables progrès dans la science de guérir ?

Certes, ils sont moins ignares que leur devanciers. Ils connaissent l'anatomie du corps humain, ses fonctions et ses organes. La morphine remplace la thériaque, le vin Mariani, les pastilles de vipère ou le bézoard de Jupiter. On a très scientifiquement classé les maux qui nous affligent. On leur a imposé des noms latins et grecs. On a décrit les signes pathognomoniques et découvert d'incomparables stupéfiants.

Mais la guérison, le « roman de la médecine » est à peu près au même point qu'en 1673.

Les adeptes de l'institut Kneipp se conforment aux méthodes aquatiques du docteur Sangrado. Pastilles Géraudel, ceintures « électriques », pilules invigoratives à l'usage des hommes surannés, tout ce que, par l'entremise de M. Emile Gautier, — l'homme-sandwiche des apothicaires — les journaux préconisent à tant la ligne, quelle est la drogue que le public refusa jamais ? Et le docteur Bourneville, pasteur de microcéphales, qui puéricultive les idiots, tant que, sous sa houlette, le goitreux, le dément, le crétin au squelette gélatineux vieillissent longuement sur leur chaise percée, en chantonnant : « Il pleut bergère », paraît-il moins bouffon que le Diafoirus de Molière, encore que beaucoup plus encombrant et plus odieux ?

Les modernes psychiatres ont-ils, à présent, et malgré ce qu'ils ont appris, moins de présomption et plus de lumière qu'au temps de Pourceaugnac ? L'un des vétérinaires préposés au gentilhomme limousin ordonne « un fronteau » où il entre « du sel : le sel est symbole de la sagesse ». M. Purgon conseille au bonhomme Argan de mettre « les grains de sel par nombres impairs dans ses œufs à la coque ». En vérité, le docteur Edgard Berillon lui-même ne ferait pas mieux.

Cela n'a pas beaucoup changé, depuis monsieur Deffonandrès. A Sainte-Anne, le vieux Maignan, spécialiste des maladies mentales fait, de nos jours, mettre au bain un gâteux, un paralytique général, un persécuté. Il dit au surveillant : « Vous élèverez le bain à 36 degrés, puis le ferez descendre à 32 1/2 ». Tel autre, pour garder sa place, bien que parvenu à la limite d'âge, invente des expériences qu'il communique sans la moindre pudeur aux papiers publics. Il tient couchés ses lunatiques et les prive de sommeil, alternativement. Il injecte à ces malheureux, tantôt du petit-lait, tantôt de l'hyosciamine. Tantôt il les gâve de nourritures et de vin, tantôt les met au régime du pain sec et de l'eau fraîche.

Les aliénistes sont les derniers médecins de Molière.

Dans un livre gâté par le ton d'inimitié personnelle et qu'il écrivit pour se venger d'avoir échoué au concours d'internat, mais où des traits pleins de vigueur pénètrent et guindent par moment le pamphlet jusqu'à l'étude impartiale des mœurs, M. Léon Daudet grave à la manière noire quelques eaux-fortes d'un sauvage relief : Tartégre, Tismet de l'Ancre, Wabanheim, Sorniude.

Il injurie, en passant, la grande mémoire de Ricord, l'esprit scientifique, le matérialisme et tout ce qui s'ensuit, tandis que les ordonnances d'Avigdeuse, le beau brun, l'exploiteur aimé des femmes, Don Juan du bistouri qui prolonge en alcôve la salle d'opérations, rejoignent plaisamment les extravagances du *Médecin malgré lui* :

Prendre à chaque repas deux biscuits de son, un jaune d'œuf au poivre ; cinq minutes après, cinq clous de girofle, une feuille de salade de laitue et deux grains de sel moyens. Aux uns il interdit les salaisons, la viande, les pâtes, les légumes et le lait, ne leur laissant à consommer que l'air du temps et leur salive ; aux autres il conseille l'encre, le pétrole, les pétales de roses et la cendre de cigare. La précision dans la sottise, telle est l'allure de cet animal souple et griffu.

Joseph Mallamale vante à sa manière les morticoles du *sanatorium* qu'il fait valoir :

Ils fendent mes pensionnaires comme du bois ; ils les attachent nus à des arbres. Ils leur entonnent des lavements au feu, à la glace, au poivre, au jus de bifteck. Je n'ai rien à dire. C'est le droit des docteurs.

Les médecins de Molière nous ont, par le chemin des écoliers, conduits aux morticoles d'à présent.

Ignorance, vanité, désir éternel et chimérique de transgresser la Loi du Monde, celui qui souffre dans sa chair, celui que la Vie a meurtri, que le Temps a blessé demande au charlatanisme religieux ou scientifique un réconfort, une illusion passagère de vigueur et de santé, un répit d'une heure à l'inéluctable destruction.

Pétrone, déjà, dans le *Satyricon*, disait : *Medicus in primis solatium animæ.*

Oui, Pétrone a dit vrai. Le médecin est, avant toute chose, un consolateur dont l'œuvre la plus belle est d'impartir à qui souffre le mirage de la guérison et l'espérance du bonheur.

Si les nomenclatures, l'observation exacte des phénomènes, la mise en oubli des antiques rêves n'ont point donné à la thérapeutique moderne le privilège de recréer la vie, tout au moins, à l'horizon du siècle nouveau-né, se lève comme une aurore miséricordieuse. La médecine a quitté l'appareil scholastique, les formules *a priori*. Elle s'est humanisée. De plus en plus, elle tient compte du « symptôme douleur ». Ces bagnes de jadis, les hôpitaux, insalubres et mille fois plus odieux que les prisons modernes, s'ouvrent à la lumière, au jour vivifiant, à l'air libre.

La vieille théorie inepte et cruelle qui classait les maux et les parties du corps en nobles et ignobles, induisait l'Eglise et la Monarchie à fouetter les vénériens, à parquer les lépreux, hiérarchie absurde autant qu'inhumaine des ulcères ou des fièvres, a disparu pour toujours.

Un élément nouveau prend place dans la thérapeutique : c'est la bonté. Si la cure définitive, la restauration de l'organisme demeure comme autrefois le « roman » sur quoi Molière a daubé, du moins nous savons que le baume le plus efficace et le meilleur antidote, c'est, pour l'homme accablé par la détresse physiologique, une parole fraternelle, un mot de compassion, un regard amical, une poignée de main qui porte à sa misère et lui donne un peu de notre cœur.

NOTES

(*La Palatine*
Saint Simon, Mme de Sévigné, Guy Patin,
Moyse Charas, etc., etc., passim).

NOTES

*
* *

Jean Héroard meurt à 78 ans, devant la Rochelle. Médecin de Charles IX, Henri III, Henri IV, attaché au Dauphin le jour de sa naissance (27 septembre 1601).

Mme de Montglat, puis le marquis de Soudre (samedi 24 avril 1610), attaché aussi à la personne de l'enfant royal. On enseigne au Dauphin que la grandeur de l'Espagne est venue par la lance de chair, *lancea carnea, non lancea ferrea*, c'est-à-dire par alliances (pour coucher ensemble comme les Français).

D'Acquin grand courtisan reste avare avide, voulant de toute façon établir sa famille...

Fagon était un des beaux et des bons esprits de l'Europe, curieux de tout ce qui avait trait à son métier, grand botaniste, bon chimiste, habile connaisseur en chirurgie, excellent médecin et grand praticien... il était l'ennemi le plus implacable de ce qu'il appelait les charlatans, c'est-à-dire des gens qui prétendent avoir des secrets et donner des remèdes... il aimait sa faculté de Montpellier et en tout, la médecine jusqu'au culte. A son avis, il n'était permis de guérir que par la voie commune les règles hippocratiques dont les lois et l'ordre lui étaient sacrés. *Cf.* les lettres macaroniques de Guy Patin, savantasse, plein d'esprit de latin et d'imbécillité, sur la « circulation du sang », etc.

Helvétius était un gros Hollandais qui, pour n'avoir pas pris les degrés de médecine, était l'aversion des médecins, et en particulier l'horreur de Fagon dont le crédit était extrême auprès du Roi et la tyrannie sans pareille sur la médecine et sur ceux qui avaient le malheur d'en avoir besoin. Cela s'appelait donc un empirique dans leur langage, qui ne méritait que mépris et persécution et qui attirait la disgrâce, la colère et les mauvais offices de Fagon sur qui s'en servait. Il y avait pourtant longtemps qu'Helvétius était à Paris, guérissant beaucoup de gens rebutés ou abandonnés des médecins et surtout les pauvres qu'il traitait avec une grande charité... C'est à lui qu'on est redevable de l'usage et de la préparation diverse de l'ipécacuana pour divers genres d'incommodités (dévoiements chroniques, dysenteries, etc.) et le discernement encore de celles où ce spécifique n'est pas à temps ou même n'est point propre. Il excellait encore pour les petites véroles et autres maladies de venin. D'ailleurs, médiocre médecin. En 1701, il guérit le duc de Beauvilliers, avec l'approbation du Roi. Le rare est que Fagon même en fut bien aise qui, dans une autre occasion, serait entré en furie ; mais comme il était persuadé que M. de Beauvilliers ne pouvait échapper et qu'il mourrait à Saint-Aignan, il fut ravi que ce fut entre les mains d'Helvétius, pour en triompher. Saint-Simon chez le maréchal de Lorges, après l'attaque d'épilepsie : « D'où je viens ? D'embrasser un malade condamné qui se porte bien et de voir le médecin condamnant qui se meurt. »

*
* *

Madame a toujours bu à la glace. Ses fenêtres sont ouvertes : elle change de linge quatre fois par jour, ne veut point être saignée, ne veut point d'autre médecin que le sien ; elle prend beaucoup de poudre de Kem et se porte aussi bien que l'on peut, en l'état où elle est (9 juillet 93. Dangeau), Mme la princesse d'Espinois et Mme la comtesse de Beuvron sont enfermées avec elle aussi bien que ses deux dames d'atour et sa dame d'honneur.

*
* *

La goutte du Roi l'empêche en 1705 de faire, à la Pentecôte, la cérémonie ordinaire de l'Ordre.

*
* *

Tous ses enfants (du Roi) avaient disparu devant lui et le laissaient accablé des plus cuisants revers de la fortune, après une si longue habitude de la domination. Il s'attendait lui-même, à tous moments, au même genre de mort (spectacle shakespearien). Excepté le seul

Maréchal, son premier chirurgien qui travailla sans cesse à le guérir de ses soupçons, Mme de Maintenon, M. du Maine, Fagon, Bloin, les autres valets de l'intérieur, vendus aux bâtards et à son ancienne gouvernante, ne cherchaient qu'à augmenter ses peines. Personne ne doutait du poison, n'en pouvait douter sérieusement. Maréchal, qui en était aussi persuadé qu'eux, n'en différait d'avis auprès du Roi que pour essayer de le délivrer d'un tourment inutile. Il avait perdu... une princesse irréparable qui, outre qu'elle était l'âme et l'ornement de sa cour, était de plus tout son amusement, toute sa joie, toute son affection, toutes ses complaisances, dans presque tous les temps qu'il n'était pas en public.

*
* *

Le monde est bien injuste (Mme de Sévigné). Il l'a été aussi pour la Brinvilliers ; jamais tant de crimes n'ont été traités si doucement. Elle n'a pas eu la question (29 juillet). On lui faisait entrevoir une grâce, et si bien entrevoir qu'elle ne croyait point mourir et dit en montant sur l'échafaud : « C'est donc pour tout de bon ? »

Le maréchal de Villeroi disait l'autre jour : « Penautier sera ruiné de cette affaire ». Le maréchal de Grammont répondit : « Il faudra qu'il supprime sa table ». Voilà bien des épigrammes. Je suppose que vous savez qu'il y a cent mille écus répandus pour faciliter toute chose; l'innocence ne fait guère de telles profusions.

Penautier, aussitôt après son acquittement, reprit l'exercice de tous les emplois. Dans la même année, il alla aux États de Languedoc où les plus grands seigneurs firent autour de lui, assaut de platitude et de flagornerie.

Elle (marquise de Brinvilliers) empoisonnait certaines tourtes de pigeonneaux dont plusieurs mouraient qu'elle n'avait pas dessein de tuer (c'était de simples expériences pour analyser l'effet de ses poisons). (Son mot sur le chevalier du Guet). M. de La Rochefoucauld jure que cela est vrai.

Autres victimes : Matharel, trésorier des Etats de Bourgogne. Hanyvel de Saint-Laurent, trésorier général du clergé. Sa veuve soutient que Sainte-Croix l'a empoisonné à l'instigation de Penautier, désireux de succéder à son emploi. En juillet 1676, on ne parle d'autre chose que de poison. Il se trouve un muid de vin empoisonné qui fait mourir dix personnes.

Juillet 1876. Enfin, c'est fait, la Brinvilliers est en l'air. Son pauvre petit corps a été jeté après l'exécution dans un fort grand feu et les cendres au vent, de sorte que nous la respirerons, et par la communication des petits esprits il nous prendra quelque humeur empoisonnante, dont nous serons tout étonnés. Elle fut jugée hier. Ce matin on lui a lu son arrêt qui était de faire amende honorable à Notre-Dame et d'avoir la tête coupée, son corps brûlé, les cendres au vent. On l'a présentée à la question. Elle a dit qu'il n'en était pas besoin et qu'elle dirait tout; en effet, jusqu'à cinq heures du soir elle a conté sa vie, encore plus épouvantable qu'on ne le pensait. Elle a empoisonné dix fois de suite son père (elle n'en pouvait venir à bout), ses frères et plusieurs autres et toujours l'amour mêlé partout. Elle n'a rien dit contre Penautier. Après cette confession, on n'a pas laissé de lui donner. dès le matin, la question ordinaire et extraordinaire. Elle n'en a pas dit davantage. Ceux qui ont vu l'exécution disent qu'elle a monté sur l'échafaud avec bien du courage.

On ne parle ici que des discours, des faits et gestes de la Brinvilliers. A-t-on jamais vu craindre d'oublier dans sa confession d'avoir tué son père? Les peccadilles qu'elle craint d'oublier sont admirables. Elle aimait ce Sainte-Croix, elle voulait l'épouser et empoisonnait fort souvent son mari à cette intention. Sainte-Croix, qui ne voulait point d'une femme aussi méchante que lui, donnait du contre-poison à ce pauvre mari. De sorte qu'ayant été ballotté cinq ou six fois de cette sorte, tantôt empoisonné, tantôt désempoisonné, il est demeuré en vie et s'offre présentement de venir solliciter pour sa chère moitié. *1er mai 76* (Mme de Sévigné).

*
* *

Distillation de cigognes, de crapauds, de grenouilles.

L'huile de renard digère et discute puissamment les humeurs froides qui se jettent sur les parties nerveuses et membraneuses. Elle est fort propre contre toutes les maladies froides des jointures, contre les rhumatismes, les sciatiques et les gouttes froides. On l'applique seule, chaudement, sur les parties qui en ont besoin.

L'huile de lézards a été de tout temps fort recommandée pour faire naître et croître les cheveux : on l'estime aussi spécifique pour guérir la descente des intestins. Et pour cela, il faut, en premier lieu, remettre l'intestin à sa place, oindre chaudement la partie avec cette huile, puis ayant mis dessus une pièce de la coiffe qui enveloppe les intestins de quelque animal que ce soit, arrosée de cette huile et l'ayant bien sinapisée de quelque poudre astringente, on y appliquera une bonne compresse et un bon bandage pour tenir l'intestin bien sujet. Cela passe pour un remède fort assuré, dont l'expérience ne saurait jamais nuire.

Les pilules sont ainsi nommées à cause de leur figure ronde et semblables à celle de petites balles. De même, elles sont aussi nommées *catapotia* à cause qu'on a accoutumé de les avaler entièrement.

Trochisques, électuaires.

1° Thériaque d'Andromachus le père, insérée dans la *Pharmacopée* de Charas, non seulement « à dessein de donner quelque chose de l'antiquité, mais parce que — dit l'auteur — je suis très persuadé que si l'on a bien soin de choisir toutes les drogues qui y entrent et d'en faire la préparation plus méthodique que n'a été celle des anciens, on aura une composition douée de fort grandes vertus. »

2° *Thériaque réformée* de M. Dacquin.

3° Thériaque *diatesseron*, nommée ainsi parce qu'elle

comporte seulement quatre drogues, lesquelles entrent dans la poudre et mêlées avec du miel à l'extrait de genièvre, font une composition alexitère fort souveraine, le *mithridat de Damocrate*.

Persil malobathre (1), opoponax, roses, poivre, bitume, cannelle, etc.

La quantité considérable d'opium qui entre dans cette composition est cause qu'on reconnaît sensiblement ses effets anodins, incrassants et même sommifères, principalement lorsqu'elle est récente...

« La thériaque, se trouvant composée de quantité de médicaments chauds, doit être fort estimée pour le soulagement des maladies froides et de toutes celles où la chaleur naturelle se trouve affaiblie et languissante. Entre autres, les paralysies, léthargies, épilepsies, convulsions et toutes les maladies froides du cerveau. Elle est fort propre contre les faiblesses et les dévoiements de l'estomac et des intestins, contre la diarrhée, le choléra morbus, la dysenterie, lientérie, et toutes les coliques. *Item*, contre les fièvres d'accès et particulièrement la quarte. Contre les vers, contre toutes sortes de poisons et de venins, la peste, la petite vérole, la rougeole et toutes maladies épidémiques. De même, contre la morsure des chiens enragés et de toutes sortes d'animaux venimeux. Contre les insomnies et les tranchées des petits enfants. Contre les passions hystériques, l'ictéritie et une infinité d'autres affections ».

(1) Que l'on écrit très bien, dit Flaubert, (Lettre à M. Frœhner, janvier 1863), « molobathre ou malabathre ». Bouillet donne dans *Mælenis*, « malobathre ».

D'après Moyse Charas, apothicaire · artiste du Roy en son Jardin royal des Plantes, on prépare encore un beurre (huile glaciale d'étain) dont on fait après, une préparation qu'on nomme ***bézoard de Jupiter.*** Outre que c'est un remède spécifique contre toutes les maladies de la matrice, il est sudorifique aussi et fort propre dans les fièvres malignes. *Item*, dans les maux vénériens lorsqu'on en veut rendre la malignité patente par des sueurs (c'est déjà la réaction de Wasserman).

On a donné à la poudre émétique le nom de ***bézoard* minerae**, tant à cause de ses qualités bézoardiques que parce que sa substance est toute minérale.

Il y a là, sous le nom d'opiats, d'excellentes recettes pour les confitures de coings, de mûres et pour le *defrutum* ou *sapa* que nous appelons raisiné.

Sirop de limaille d'acier.

Miels rosats, violats, émétiques, sucre de roses, miel de nénuphar, hydromel vineux.

Tabellæ magnanimitatis.

Ces tablettes peuvent donner un grand secours aux personnes qui n'ont pas toute la vigueur nécessaire pour l'acte vénérien. On en prend une ou deux tablettes à la fois, le soir ou le matin, en buvant pardessus deux ou trois onces de vin d'Espagne. On peut aussi en user dans la journée, loin du repas, une tablette à la fois et en

Cf. Moyse Charas, *Pharmacopée galénique et chimique*. Lyon, 1667.

ACHEVÉ D'IMPRIMER

le 5 décembre mil neuf cent treize par

BUSSIÈRE

A SAINT-AMAND (CHER)

pour le compte de

A. MESSEIN

éditeur

19, QUAI SAINT-MICHEL, 19

PARIS (Ve)

www.ingramcontent.com/pod-product-compliance
Ingram Content Group UK Ltd.
Pitfield, Milton Keynes, MK11 3LW, UK
UKHW021220230726
13926UKWH00003B/1142

9 782016 184547